Unterwürfige Sekretärin (Interracial)

Herrschaft und erotische Unterwerfung

Erika Sanders

Unterwürfige Sekretärin
(Interracial)

Erika Sanders
Serie
Herrschaft und erotische Unterwerfung

Zusammenfassung

Gloria ist eine junge Brünette, die dringend einen Job sucht, damit sie das Haus ihrer Eltern verlassen und bezahlen kann, was sie braucht.

Herr Anderson sucht eine Sekretärin, die seine einzigartigen und anspruchsvollen Anforderungen erfüllt.

Kann Gloria Mr. Andersons Anforderungen akzeptieren und eine gute Sekretärin sein?

Unterwürfige Sekretärin ist ein Roman mit stark erotischem BDSM-Gehalt und wiederum ein neuer Roman aus der Sammlung Domination and erotic Submission, eine Reihe von Romanen mit hohem romantischen und erotischen BDSM-Gehalt.

(Alle Charaktere sind 18 oder älter)

Anmerkung zum Autorin:

Erika Sanders ist eine international bekannte Schriftstellerin, die in mehr als zwanzig Sprachen übersetzt wurde und ihre erotischsten Schriften, fernab ihrer üblichen Prosa, mit ihrem Mädchennamen signiert.

Index:

UNTERWÜRFIGE SEKRETÄRIN (INTERRACIAL DOMINATION)
ERIKA SANDERS

KAPITEL 1

Es war aufregend zu sehen, wie die junge schwarze aufstrebende Sekretärin vor meinem Schreibtisch saß und vor allem wusste, was ich über sie wusste.

Die Kleidung, die sie trug, war billiges Polyester aus einem dieser Discounter.

Es war das gleiche wie in seinem ersten Interview, nur dass er ein anderes Hemd hatte.

Sie hatte einen schönen Satz Titten und sie sah sehr süß, sehr unschuldig aus.

Er saß mit gekreuzten Beinen da, seine Knöchel waren dunkel, aber etwas weißlich, und seine gefalteten Hände und sein nervös schwankender Fuß waren zu sehen.

Jedes Mal, wenn sie ihre Hände ausbreitete, sollte ein loses Piercing eingeführt werden, das niemals hinter ihrem Ohr an Ort und Stelle zu bleiben schien.

Er sah sich in meinem Büro um, um alles aufzunehmen, aber er blieb selten stehen, um mir in die Augen zu schauen.

Ich war eindeutig nervös.

Und sie hatte jedes Recht zu sein.

KAPITEL 2

"Gloria, ich glaube, ich bin bereit, Ihnen ein Stellenangebot anzubieten, aber es gibt eine Unregelmäßigkeit in Ihrer Bewerbung, die wir zuerst besprechen müssen", sagte ich.

Ihre grünen Augen weiteten sich wie Untertassen und bewegten sich noch nervöser hin und her.

Sie schluckte.

"Oh, was ist das?"

"Nun, siehst du", sagte ich ihm. "Es ist mir aufgefallen, dass es einige Unregelmäßigkeiten gibt, die Sie in Ihrer Bewerbung nicht erwähnt haben. Die Frage auf der zweiten Seite, ob Sie jemals wegen eines von Ihnen beantworteten Verbrechens verurteilt wurden, sagte beispielsweise Nein. Als ich eine Hintergrundüberprüfung durchführte, stellte sich heraus, dass Sie wegen Ladendiebstahls verurteilt wurden. Was haben Sie getan? Glauben Sie, ich würde nicht überprüfen? "

Er versuchte erfolglos, die Tränen zurückzuhalten.

"Bitte", sagte sie. "Ich habe vorher versucht, ehrlich zu sein. Aber ich bekomme nicht einmal ein Interview, wenn sie ihn sehen. Ich hatte eine schwierige Zeit in meinem Leben und ich habe Beratung für ihn erhalten ...".

"Diebstahl", stachelte ich sie an.

Seine Wangen wurden purpurrot.

"Ja. Und es wird nie wieder passieren."

Sie schüttelte den Kopf, als wollte sie sagen, auf keinen Fall, nicht wie, nicht ich.

Er wimmerte jetzt fast, eine emotionale Geste, die nett war.

Ich finde, dass es viel einfacher ist, mit Frauen umzugehen, wenn sie gut geweint haben.

Als der Herr, der ich bin, öffnete ich meine Schublade und gab ihm eine Schachtel Taschentücher.

"Danke", sagte er und wischte sich Nase und Wangen ab.

"Das ist gut", sagte ich. "Du und ich reden so ... die ganze Scheiße rausholen. Denn genau das wird von jetzt an passieren: Völlige Ehrlichkeit. Glaubst du, dass du das kannst? Sei ganz ehrlich?"

"Ja." Die Tränen trockneten bereits.

Sie war immer noch hübsch, obwohl ihr Make-up lief.

"Wie lange suchst du schon Arbeit?"

"2 Jahre."

"Wie kommst du über die Runden? Freund oder Eltern?"

"Eltern".

"Ist das die einzig richtige Berufskleidung, die du hast?"

"Ja..." Er sah nach unten und rieb seine Hand über den glänzenden Stoff, als wollte er ihn verschwinden lassen. "Es tut uns leid."

"Es gibt nichts zu bereuen", sagte ich. "Schau, ich werde ehrlich zu dir sein. Die Situation ist gegen dich. Jemand anderes kann hier reinkommen und mit viel weniger als dem, was du auf dem Fragebogen hast, viel mehr bekommen, als du jemals bekommen würdest, wenn du weißt, was ich meine. Ich zum Beispiel. Ich bin nicht sehr groß und hatte in der High School fast eine Glatze. Glaubst du, ich musste in dieser Situation nicht kratzen, Ellbogen und Stolpern? Lass es mich dir sagen. Ich musste fünfmal härter arbeiten, als ich sollte, wenn ich hätte Es war verlockend, so oft aufzugeben, aber ich hatte ein Ziel vor Augen. "

Seine Augen staunten.

Das Jammern und vielleicht meine Rede ließen sie sich an diesem Punkt wahrscheinlich ziemlich positiv fühlen.

Und sie würde all die Bestimmtheit brauchen, mit der sie umgehen konnte.

"Also Gloria, lass mich dir eine Frage stellen. Bist du bereit, ein Ziel vor Augen zu haben?"

"Jawohl."

Sie blies stolz ihre Brust auf und ließ mich einen schönen Blick auf ihre üppigen Elfenbeinbrüste werfen.

"Ja, das bin ich", beendete er.

"Gut. Du hast einige großartige Dinge für dich, die ich nie hatte. Zum einen hast du große grüne Augen und ein Paar sexy Lippen. Lippen, die ... nun, ehrlich gesagt, Lippen, die Männer als Lippen bezeichnen. sie sind zum saugen gemacht. "

Die großen grünen Augen zeigten wieder Erstaunen, aber sie waren immer noch hübsch.

Die Lippen, die Lippen machten mich noch härter wie ein Stein.

Er nahm seine Lederbrieftasche von meinem Schreibtisch und stand auf.

"Lass das fallen, Gloria, und bleib auf deinem Platz. Wir reden hier ehrlich, nicht wahr? Zwei Erwachsene. Du und ich. Jetzt beantworte mir eine Frage. Hast du schon einmal einen Blowjob gegeben?"

"Ja, aber das war-war-war mit meinem Freund."

"Und sie sah wahrscheinlich viel besser aus als ich. Nun, ich habe schon früher Mädchen eingestellt. Mädchen mit höherer Bewertung. Mädchen, die keine Vorgesetzten hatten. Mädchen, die nichts gestohlen haben. Sehen Sie, wohin ich hier gehe?

Er setzte sich wieder und klammerte sich verzweifelt an die Brieftasche.

"Jawohl."

"Gut. Also lass uns hier nicht unschuldiger sein oder dich mit mir mögen. Du und ich sind nicht so verschieden. Verstehst du mich jetzt?"

"Nein", schaffte er es auszusprechen.

"Kannst du mir sagen, was daran falsch ist? Ich bin sauber. Ich habe keine Krankheit. Ich erwarte keinen Sex. Nur ein bisschen Honig für meine Augen, der mich anmacht und einen schnellen Blowjob ... und das war's."

Nun, ich war hier nicht ganz ehrlich.

Ich würde Blowjobs erwarten, viele von ihnen, und auch beruflich gut gemacht.

Und Augenweide.

Wohlgemerkt, sie ist eine gute Augenweide.

Sie sah zur Seite.

Ich habe darüber nachgedacht, was gut ist.

"Kein Sex?" Sie fragte.

"Das ist richtig. Kein Sex. Nur ein kurzer Blowjob, genau wie der Präsident der Vereinigten Staaten. Sex wird sowieso überbewertet. Ich bevorzuge Blowjobs. Beim Sex muss man sich um das Vorspiel und die gesamte Karriere sorgen Beim Sex musst du dir Sorgen machen, dass du dich danach küsst, liebst und umarmst. Bei Blowjobs sind die Dinge viel einfacher. Blowjobs sind nur zum Vergnügen. Blowjobs ermöglichen es dir, deine Kraft zu behalten. Du kannst fast überall einen Blowjob erhalten und so weiter. Vor allem hatte ich noch nie einen schlechten Blowjob.

Er dachte weiter nach, aber er hatte nicht nein gesagt.

Sie brauchte ihn nur, um es gut zu verkaufen.

Und ich kann gut Dinge verkaufen.

"Schau, stell es dir einfach als Sprungbrett vor. Das bringt dich aus dem Haus deiner Eltern und alleine raus. Du wirst auch einen Job haben und du weißt, was sie sagen. Es ist einfacher, einen anderen Job zu bekommen, wenn du einen Job hast."

Er blinzelte die letzte Träne und schaute auf meinen Schritt.

"Wirst du mir wirklich den Job geben?"

Ich wollte lächeln.

Ich wollte lachen.

Sie kaufte die ganze Menge.

Ich habe mein Bestes getan, um meine Gefühle einzudämmen.

"Ich habe es dir doch gesagt, oder?"

"Okay ... okay, ich werde es tun."

"Gut. Warum schließt du nicht die Tür und machst es?"

"Jetzt?" sie fragte ungläubig.

"Das ist richtig. Wir sind keine Freunde. Wir sind keine Liebhaber. Dies ist nur eine Geschäftsbeziehung. Was denkst du, was ich tun werde, nimm das Wort eines verurteilten Diebes?"

"Aber da draußen sind Leute."

"Und die Tür wird geschlossen", sagte ich ihm. "Schau, nimm deine Sachen und geh oder steh auf und schließ die Tür."

Sie stand auf, schloss die Tür ab und stand fassungslos da.

Jesus, das würde nicht so schwierig werden, als ich dachte.

KAPITEL 3

"Jetzt komm her. Das ist mein Mädchen. Nein, du lehnst dich nicht zurück. Gib mir zuerst eine kleine Show ... eine Augenweide, um mich in Stimmung zu bringen."

Er war schon steinhart, aber er wollte, dass sie dafür arbeitete.

"Ich verstehe nicht."

Sie verstand sehr gut.

Ihm musste nur gesagt werden, er wollte, dass es meine Idee war.

"Weißt du, ein kleiner Striptease. Nichts Besonderes. Eine kleine Show, nichts Kompliziertes, ein Hauch von Höschen und zeig mir deine Brüste. Bring mich in Stimmung, Mädchen. Sonst bist du den ganzen Tag da."

Sie machte einen erbärmlichen Versuch, einen kleinen Oberschenkel- und Bauchnabel zu zeigen.

Meine Erektion verblasste.

"Schau, du solltest das besser ernst nehmen. Ich könnte mit zwanzigtausend oder dreißigtausend beginnen", sagte ich. "Denk darüber nach."

Das machte den Unterschied.

Sie war nicht gut, aber mit der Zeit würde sie lernen.

Er wusste genug, um seine Hüften zu bewegen und seine Hände über seinen Körper zu reiben.

Sie gab mir einen Blick auf ihr weißes Baumwollhöschen.

Ich habe ein Gesicht gemacht.

Sie errötete.

"Das Höschen muss gehen. Nicht jetzt, aber du wirst gebeten, von nun an etwas viel sexieres zu tragen."

Langsam knöpfte sie ihre Bluse auf.

"Woher bekommst du deine Unterwäsche, von Waagen? Nein, antworte nicht. Komm schon, zieh sie aus. Du könntest auch etwas kaufen, das du von vorne aushaken kannst, weil ich deine Brüste jedes Mal sehen will, wenn du mich geil machst."

Sie zog ihre Bluse aus und legte sie vorsichtig auf den Tisch.

Dann zog sie die BH-Träger von ihren Schultern und versuchte schüchtern, sich umzudrehen.

"Geh nicht zurück", sagte ich, "ich will dich gut sehen."

Sie drehte den BH und löste den Verschluss.

Ihre Brüste waren groß mit prallen, unebenen Warzenhöfen und langen spitzen Brustwarzen.

Mmmm, meine Favoriten.

Wenn sie meine Freundin wäre, hätte sie sie geküsst.

Aber die Dinge sind so, wie sie waren. Warum also darüber nachdenken?

Ich lehnte mich in meinem Stuhl zurück und spreizte meine Beine.

"Hol meinen Schwanz raus."

Er zog meinen Schwanz aus meiner Hose und hielt ihn in seiner Hand, pumpte ihn langsam.

"Du kennst den Unterschied zwischen einem Blowjob und einem Handjob, richtig Gloria?"

Er sah auf den Schwanz in seiner Hand hinunter und nickte.

"Küss ihn auf und ab. Das ist ein Mädchen. Schau mir zu, wie ich diese hübschen grünen Augen sehe."

Sie sah erwartungsvoll zwischen meinen Beinen auf.

Sie war perfekt.

Ich wusste, dass ich mich nicht lange zurückhalten konnte, wenn sie es tat.

"Jetzt lutsch es. Bedecke deine Zähne mit deinen prallen Lippen, ja, diese saugenden Lippen. Mmmmm ... oh ja. Du wurdest dazu gebracht, Schwänze zu lutschen, weißt du das? du nimmst es aus deinem Mund und öffnest deine Lippen und küsst meinen Kopf".

Sie tat, was ich fragte, aber es war nicht der Effekt, den ich suchte.

"Nein, nicht so." Ich hob meinen Schwanz und führte ihn unter ihren Nacken, dann neigte ich ihr Gesicht nach oben. "Fält die fetten Lippen und öffne deinen Mund ein wenig."

Sie tat.

Der Kopf meines Schwanzes wurde jetzt von ihren faltigen Lippenstiftlippen eingerahmt.

Es war perfekt.

"Das ist wunderschön, jetzt möchte ich sehen, wie es aus deinem Kiefer ragt. Scheiße, nein, nicht so. Hier, lass mich dir helfen."

Ich drehte ihren Kopf so, dass ihr Kiefer aus meinem Schwanz ragte.

Seine dicken Lippen waren um mein Glied gewickelt.

Gott, sie war so verdammt heiß.

"Schau mich an, Gloria."

Sie sah mich mit diesen großen grünen Augen an, als sie mit ihrer samtigen Zunge die Unterseite meines Mitglieds leckte.

"Scheiße, du bist sexy. Ich wette, dein Freund möchte, dass du es ihm die ganze Zeit so antust", sagte ich ihm und ließ seine Wangen rot werden. "Komm schon Baby, ich bin jetzt bereit zu kommen. Saug mich an. Saug mich hart und schnell und trink meine Eier."

Sie stieg auf mich herab und fickte mich mit ihrem heißen Mund.

Es war offensichtlich, dass sie dies schon oft getan hatte und in einen Rhythmus gefallen war.

Er wollte jedoch, dass es seine übliche Aufgabe war.

Er würde sie zur Königin der Blowjobs machen, bevor sie einen anderen Job bekam.

"Schneller Gloria, schneller", drängte ich und hielt ihre Haare aus meiner Sicht, damit ich sie in Aktion sehen konnte. "Saugen, saugen, saugen, ich höre dich nicht saugen."

Sein Mund saugte und tropfte, als er meinen Schwanz beschleunigte und senkte.

Ich spürte, wie das Sperma aufstieg.

Ich hätte fast gesagt 'Warte, hör auf, ich werde kommen'. Können Sie das glauben? Ich war es so gewohnt, vorher abzuheben ... Nun, ich hätte fast vergessen, dass ich es nicht musste.

"Ugh, ugh, süßer Motherfucker. Ich bin bereit. Ich bin so verdammt bereit. Wag es nicht aufzuhören zu saugen", warnte ich sie, lehnte mich in meinem Sitz zurück und packte die Armlehnen fest.

Scheiße, das würde großartig werden.

Ich spürte, wie mein Schwanz anschwoll und noch stärker wurde.

Mein Sperma kam heraus.

Verdammte Scheiße, sie hat mich zum Abspritzen gebracht, als wäre ich ein Teenager.

Meine Eier leerten sich und pumpten meinen heißen Saft in seinen Mund.

Sie machte ein unangenehmes Geräusch, saugte aber weiter fleißig.

Ich zog meinen Schwanz sanft aus ihrem Mund.

Ihre Lippen waren geschlossen und ein Teil meines Spermas sickerte zwischen ihre geschürzten Lippen.

"Öffne deinen Mund, damit ich es sehen kann." Sagte.

Ihr Gesicht war strahlend purpurrot gerötet und ihre Augen wurden wässrig.

Er wollte eindeutig nicht, aber am Ende schloss er die Augen und öffnete den Mund.

"Lass mich deine Zunge sehen. Wow, ich habe dir sicher eine gute Ladung gegeben, oder? Ich bin schon lange nicht mehr so gekommen", sagte ich. "Weiter, du weißt, wohin er jetzt geht. Durch die Luke."

Er verzog das Gesicht, setzte das süßeste Smiley-Gesicht auf, das ich je gesehen hatte, und schluckte es.

KAPITEL 4

"Du warst ein wundervoller Schatz. Jetzt reinige meinen Schwanz und stecke ihn wieder in meine Hose. Danach kannst du dich selbst putzen."

Sie gehorchte schweigend und mied meine Augen die ganze Zeit, als wäre sie eine Fremde, was für mich in Ordnung war.

"Kannst du morgen anfangen?" Ich habe gefragt.

"Ja, Sir", kreischte sie fast.

"Gut", sagte ich und zog meine Brieftasche heraus. "Ich werde dir meine Kreditkarte geben und ich möchte, dass du dir sexy Klamotten kaufst. Mit sexy meine ich eng, kurz und schlank und nein, ich wiederhole, kaufe sie nicht in Discountern. Neue Höschen und BHs mit den gleichen Spezifikationen. Es ist mir egal, was die anderen Frauen hier tragen, du wirst jeden Tag Strümpfe und Absätze tragen, um zu arbeiten. Wenn ich dich acht Stunden am Tag ansehen muss, dann erwarte ich etwas Interessantes in Sicht.

Sie nickte und nahm meine Kreditkarte.

"Lächle, Schatz, ich erwarte ein Lächeln und eine freundliche Einstellung, wenn du hier zur Arbeit gehst", sagte ich. "Und ein Dankeschön für die Position wäre schön."

Sein Gesicht leuchtete kurz auf.

"Danke", sagte sie.

"Speichern Sie die Quittungen. Sie werden mich rechtzeitig bezahlen."

Gott, es war gut, ich zu sein.

Ich bin einem schönen Mädchen gewidmet ...

KAPITEL 5

Zwei Jahre später...

Gloria ging ins Büro und schloss die Tür ab.

Sie war fast nicht wiederzuerkennen, wie sie am ersten Tag hierher kam.

Ihr Haar war eine Masse dunkler Platinlocken.

Ihre Unterwäsche war aus dem Victoria's Secret-Katalog ausgewählt worden, in dem ich darauf bestand, dass sie auch alle ihre Bürokleidung kaufte.

Heute trug sie einen gestreiften Rock, der ihre Hüften umarmte und sich bis zu ihrem Oberschenkel spaltete.

Unter ihrem taillierten Sportmantel war ihre weiße Bluse genau in der Mitte ihrer Brust aufgeknöpft und enthüllte einen Spitzen-BH und ihre festen, runden Brüste.

Sie war nicht nur meine Sekretärin, sie war zur Fantasie der perfekten Sekretärin für jeden Mann geworden.

Er trug eine Tasche über der Schulter, die er auf meinen Schreibtisch legte.

"Du siehst heute besonders sexy aus, Gloria. Versuchst du zusätzliche Punkte für deine jährliche Bewertung zu bekommen?" Ich fragte ihn. "Nun, ich kann in letzter Minute schwanken, wenn du weißt, was ich meine. Also gib mir heute eine besondere Show. Und du solltest besser deine ganze Anstrengung darauf verwenden."

Manchmal kann ich ein echter Bastard sein, oder?

Die Wahrheit war, dass er seine Bewertung bereits geschrieben hatte und sie sehr gut war.

Das Beste, was ich ihm zu geben wagte.

Gloria schenkte mir ein besonderes Lächeln, als sie ihre Hand auf den Schreibtisch legte, ihre festen jungen Brüste tief oben hingen und sie das Radio sehr leise einschaltete.

Dann ging er zurück zur Tür, na ja, es war eher wie stolzieren: Ein Fuß bewegte ihn in den anderen, schwang seine Hüften und arbeitete diesen engen, schlanken Arsch so, wie ich es mochte.

Als sie die Tür erreichte, strich sie sich ihr langes, platinfarbenes, dunkles Haar über den Kopf, drehte sich um und steckte die Schläfe ihrer Brille in den Mund.

Die Brille war natürlich meine Idee.

Es gibt etwas an einem sexy Mädchen in einer Brille, das mich in einer Minute hart macht, und ich war schon hart.

Anderson, sagte er. "Hast du meinen neuen BH schon gesehen? Er ist wirklich sexy. Möchtest du ihn sehen?"

"Sicher", sagte ich. "Ich würde gern."

"Ich weiß nicht", sagte sie und ihre Finger lösten bereits die Knöpfe an ihrer Bluse. "Er ist wie mein Chef und so. Ich weiß nicht, ob es in Ordnung wäre."

"Aber du zeigst dich gerne deinem Chef, nicht wahr? Wie du dich jeden Tag anziehst und deinen Körper zeigst. Glaubst du, ich weiß nicht, was du versuchst, mich zu verführen? Glaubst du, jeder im Büro weiß es nicht? ""

Ich konnte sie nicht mehr so rot werden lassen wie früher.

Er war der einzige Mann in einem Büro voller Frauen.

Und als Gloria in ihren engen Anzügen und High Heels zu ihrem ersten Arbeitstag auftauchte, wurde es still im Büro, als alle anderen Frauen anhielten und sie ansahen und sofort wussten, wie die neue Sekretärin ihren Job bekommen hatte und wie sie es beabsichtigte. behalte es.

Oh, wie errötete Gloria bei der Wärme ihrer Blicke.

Ich war in wenigen Minuten in meinem Büro auf den Knien.

Gloria saß mit gekreuzten Beinen auf der Kante meines Schreibtisches.

Ihr Rock zeigte die Strümpfe und das Fußkettchen.

Sie teilte ihre Bluse und enthüllte ihren BH.

Es war fast durchsichtig: Ich konnte leicht den Umriss ihrer rosa Brustwarze durch den Stoff sehen.

"Findest du es hübsch?" Sie fragte.

"Ich kann wirklich noch nicht viel zu sagen sehen."

Sie zog ihre Bluse aus und wiegte ihren Körper im Rhythmus der Musik.

"Können Sie es jetzt gut sehen, Mr. Anderson?"

"Bis jetzt sieht es gut aus, Gloria", sagte ich ihr. "Aber ich habe mich gefragt. Trägst du ein passendes Höschen?"

"Wie hast du das erraten?"

Aber weißt du, so viel Spaß es auch machte, das unschuldige Boss-Sekretär-Spiel zu spielen, es war nicht das, was ich heute wollte.

KAPITEL 6

"Gloria, was ist, wenn wir diese unschuldige Aufführung beenden und du auf den Schreibtisch springst. Ich möchte, dass du heute gemein bist. Ich möchte, dass du mir diese Scheiße ins Gesicht wirfst", sagte ich. "Oh, und vergiss nicht, deine Fersen auszuziehen. Ich habe dort immer noch Kratzer vom letzten Mal.

Er wurde schließlich ein wenig rot.

Sie spielte gern die Unschuldige oder sogar die Verführerin, aber niemals die Stripperin.

Zum Glück habe ich ihn nicht bezahlt, weil er seinen Job mochte.

Lächelnd sah ich zu, wie sie ihre Absätze entfernte und half ihr dann auf den Schreibtisch.

Schau, ich kann auch nett sein.

Sie trug Strümpfe und wollte nicht, dass sie ausrutschte und versuchte, auf den Schreibtisch zu kommen.

Ich habe das Radio auf etwas Schöneres gestellt, etwas Hard Rock ...

Wie angemessen.

Er tanzte für mich und bewegte seinen Körper auf meinem Schreibtisch.

Sie zog sich zurück und entfernte die Träger von ihrem BH.

Als sie sich umdrehte, hielt sie den hohlen BH gegen ihre Brüste und schob ihn verführerisch weg.

Ihre wohlgeformten Brüste baumelten wie frisches Obst und waren gespannt auf die Ernte.

"Komm schon, Gloria", drängte ich. "Es funktioniert bei mir. Du weißt, wie ich es mag."

Sie sollte es jetzt nach zwei Jahren wissen.

Ich brachte sie nach der Arbeit in Bars, damit sie sehen konnte, wie die Profis es machten.

Danach half ich ihm in seiner Praxis und gab ihm meine eigenen Vorschläge, wie er es verbessern könnte.

Sie hockte sich hin und ballte die Hüften, wobei sie ihre Muschi direkt vor meinem Gesicht bearbeitete, genau so, wie ich es mochte.

Das kleine Stoffband, das ihr Höschen war, rutschte zwischen die Falten ihrer Schamlippen.

Gott, sie war eine Göttin und ich war die glücklichste Chefin der Welt.

"Verdammt, es sieht so aus, als würde deine Muschi versuchen, dein Höschen zu essen", sagte ich zu ihm. "Komm schon, lass es mich sehen. Alles."

Sie stand auf und hakte ihre Daumen in den Hosenbund.

Sie drehte sich um, senkte sie ein wenig und beugte sich vor mich, um mir ihren kleinen Anus zu zeigen.

Dann zurück nach vorne, bis ich die schwache Spur einer nackten Muschi erkennen konnte.

"Verdammt, ich bin hart wie Stein." Sagte. "Lass mich sie ausziehen, damit ich dein Pussy-Baby sehen kann."

Sie setzte sich auf und legte ihre strumpfbedeckten Füße auf meinen Schoß.

Als ich daran arbeitete, sie aus ihrem Höschen zu ziehen, massierte sie meinen Schwanz mit ihren Füßen durch meine Hose.

Glorias Muschi sah so attraktiv aus.

Ihre nassen, rasierten Lippen teilten sich und zeigten ihre Erregung.

Über ihnen war ein kleines Dreieck von Haaren, zwei Zoll lang und einen Zoll breit.

Die Größe ihres Schamdreiecks war Teil ihrer ungeschriebenen Arbeitsregeln, ebenso wie der Nabelring, der auf ihrem Bauch schimmerte.

"Spreiz die Beine, Baby", dränge ich. "Ich möchte auch das Innere sehen."

Ein kleines Keuchen entkam ihren Lippen, als sie ihre Beine spreizte und ihre Hüften hochschob.

Ihre Muschi, so nass und gemütlich.

Dachte er, er hätte es noch nicht vermasselt?

Unglaublich wie es klingen mag, es war wahr.

Sie bekam täglich und manchmal zweimal am Tag meinen Blowjob, aber ich trat nie in ihre Muschi ein.

Nach einigen seiner enttäuschten Blicke und seinem offensichtlich erregten Zustand zu urteilen, hätte ich oft in ihn eindringen können, wenn ich wollte.

Aber seien wir ehrlich.

Er hatte Blowjobs, wann immer er wollte und eine völlig unkomplizierte Beziehung.

Das Letzte, was er tun wollte, war es zu vermasseln und zu ruinieren.

"Dreh dich um", sagte ich ihm. "Ich will deinen Mund ficken."

Seine Augen flehten: "Bitte, können wir etwas anderes tun?"

Aber sie drehte sich gehorsam um, lehnte ihren Kopf über die Schreibtischkante zurück und ihr Haar fiel mir auf den Schoß.

Seine großen grünen Augen waren groß und flehten: "Tu das heute nicht."

Aber es war doch ihr jährlicher Bewertungstag, und sie hatte nicht die Absicht, es einfacher zu machen.

Deshalb wollte ich ihren Mund ficken; etwas, das er als Strafe aufbewahrte.

Oh, ich weiß, sie würde lieber auf die Knie gehen und mir gut tun und sie würde mir großartig tun.

Sie war eine Expertin für Zungenflattern, Balllutschen, kurzen Kuss, Zungenmassage, Harnröhren-Tease und verdrehte Faust.

Wie ich schon sagte, er war der glücklichste Chef der Welt.

Ich stand auf und zog meine Hosen und Boxer auf die Knie.

Sie öffnete den Mund und tat ihr Bestes, um ihren Hals zu glätten, als sie auf meinen Schwanz stieß.

"Verbreite deine Muschi für mich", befahl ich. "Ich will diese nasse Muschi sehen, während ich deinen Mund ficke."

Sie knurrte und der heiße Luftstoß kitzelte meine Eier, als sie gehorsam ihre Lippen von ihrer Muschi trennte.

Ich war im Himmel.

Ich schob seinen Mund auf einen Schlag, bis mein Schambein sein Kinn traf.

Er konnte ihre unwillkürliche Übelkeit beim Eindringen spüren.

Oh, wie er das hasste.

Nicht so sehr, weil es unangenehm war, sondern weil er am Ende nicht gut sprechen konnte und es auch rote Streifen auf beiden Seiten seines Lippenstifts verursachte.

Es war peinlich für sie und sie tat ihr Bestes, um anderen Menschen auszuweichen, wenn alles vorbei war.

Und obwohl sie sehr gut darin war, der Bastard, der ich bin, rief sie normalerweise eines der anderen Mädchen an, die mit ihr zusammengearbeitet hatten, um sie um einen Bericht zu bitten, wenn sie fertig war.

Wenn ich nur daran dachte, kochte das Sperma in meinen Bällen.

Scheiße, ich dachte an das Basketballspiel, das ich am Abend zuvor gesehen hatte, arbeitete an allen Besitztümern, dachte an etwas anderes, um nicht zu früh zu kommen.

Ich wollte den Moment genießen.

Als ich die Kontrolle wiedererlangte, beschleunigte ich das Tempo.

Sein Atem wurde schwieriger.

Gloria hielt immer noch ihre Schamlippen offen, aber jetzt tanzte ein Finger in kleinen Kreisen über ihren Kitzler.

"Sie wissen, wie man es besser macht", sagte ich ihm. "Spiel ein bisschen mit deinen Nippeln."

Wir waren zu meinem Vergnügen hier, nicht zu ihr.

Ich fühlte, wie sein wütendes Knurren gegen meinen Schwanz vibrierte.

Ihre langen rot lackierten Nägel bewegten sich nach oben, verjüngten sich und zogen an ihren Brustwarzen.

Scheisse!

Ich musste an die am meisten vermasselte Schiedsrichterleistung aus dem gestrigen Spiel denken, um wieder die Kontrolle über meinen Geist zu erlangen.

Ich habe es schneller gefangen.

Sein Hals war eng um meinen Schwanz.

Sein Atem stockte.

Fick, fick.

Ich versuchte noch einmal über das Basketballspiel nachzudenken, konnte es aber nicht mehr.

Scheiße, ich würde ohne Heilmittel abspritzen.

Aber bevor ich konnte, packte sie meinen Schwanz und zog ihn aus ihrem Mund und setzte sich auf.

"Was zum Teufel!" Ich schrie fast und vergaß für einen Moment, wo wir waren.

Sie hustete und wischte sich den Speichel von den Lippen und zeigte mit einem Finger auf mein Gesicht.

"Ich kann das nicht mehr", sagte er mit heiserer Stimme, heiser von meiner Verwüstung in seiner Kehle.

"Was?" Ich war erstaunt. "Hast du noch ein Jobangebot? Bist du mit einem Trottel eingezogen?"

"Nein", sagte sie. "Schau, ich weiß, dass du mir schlechte Referenzen über mich selbst gegeben hast ... und du denkst, ich weiß nicht, wie ich immer Überstunden zu haben scheine, wenn ich mit jemandem ausgehe. Oder wie du plötzlich in meinem Haus auftauchst, um zu überprüfen, ob ich mit jemandem zusammen bin. Was für seltsame Dinge, nur um sicherzugehen, dass er keinen Ausweg aus unserem Geschäft findet?"

"Schau" Scheiße, ich war hart und ich musste kommen. Das Letzte, was Mr. Polla oder ich wollten, war ein Streit. "Ich weiß, dass ich manchmal ein Idiot sein kann, aber ich habe mich um dich gekümmert, richtig? Ich bin ein Risiko eingegangen, als es sonst niemand getan hätte. Du bist einer der bestbezahlten Sekretärinnen hier, aber der bestbezahlte. Und am Tag des Sekretärs Wer immer die besten Geschenke haben?

"Das ist mir egal", sagte er. Gott, sie war wirklich verrückt. "Dieses Arrangement ist schon scheiße. Und wir müssen es mit etwas anderem lösen."

Er wollte über ihr unfreiwilliges Wortspiel lächeln, aber sie schien nicht sehr gut gelaunt zu sein.

Ich bin mir sicher, dass er es behalten wollte.

Sie war keine schlechte Sekretärin und unglaublich attraktiv, ganz zu schweigen von ihren mündlichen Fähigkeiten, die erheblich gewachsen waren.

Vor allem wollte Mr. Polla nicht, dass ich das Beste verpasse, was ihm passiert ist, seit ich als Teenager Masturbation entdeckt habe.

"Und mehr willst du?" Ich fragte ihn.

Ich erwartete, dass sie mich konfrontieren würde.

Ich streite mich eine Woche lang für einen Blowjob.

Nimm dir etwas Auszeit.

Lassen Sie mich versprechen, Ihnen einige gute Referenzen zu geben.

Stattdessen war ich überrascht, als sie sich über den Tisch beugte, diese langen, schönen Beine spreizte und sich mir zur Verfügung stellte.

KAPITEL 7

Es war offensichtlich, was er wollte, aber ich war immer noch ein bisschen wütend darüber, wie er mir die Situation kommentiert hatte.

Es tat nicht weh, dass er wieder die Kontrolle über die Situation hatte.

Anstatt sie wie Neuland zu ficken, neckte ich ihr heißes Loch mit dem Kopf meines Schwanzes.

Sie versuchte gegen mich zu taumeln, aber ich zog mich zurück und setzte mein Necken fort.

"Gloria", sagte ich. "Ich bin nicht sicher, was du willst. Warum sagst du es mir nicht?"

Sie versuchte sich wieder gegen mich zu drücken.

Wieder war klar, was er wollte, aber er wollte sie es sagen hören.

Sie grunzte, stöhnte und krümmte den Rücken.

Gott, sie war so verdammt sexy.

Allerdings hatte ich in den letzten zwei Jahren jeden Arbeitstag mindestens ein- oder zweimal gesaugt.

Ich fühlte mich in einer viel besseren Position als sie.

Und schließlich wurde er als richtig erwiesen.

"Diese Dinge interessieren mich nicht, ich brauche dich nur drinnen", keuchte er. "Ich brauche dich in mir. Ich brauche dich, um mich zu 'ficken'. Verdammt, ich brauche dich so sehr in meiner Muschi. Bitte, ich flehe dich an. Ugh, ich bin ... oh Gott, ich bin so verzweifelt."

Das war Musik für meine Ohren.

"Du warst verzweifelt nach einem Job und jetzt willst du unbedingt gefickt werden", sagte ich ihr und neckte immer noch ihre Muschi. "Persönlich mag ich unser aktuelles Arrangement. Aber du hast da unten eine heiße kleine Muschi. Stört es dich, wenn ich es als Beweis für dein Engagement für die Arbeit nehme?"

"Yesiiiii!" Sie stöhnte, als ich sie schlug und meinen harten Schwanz in sie schob. "Oh ja das ist es, fick mich. Fick mich hart."

"Still", zischte ich.

Gloria leckte sich ein paar Finger, um ihre Schreie zu unterdrücken, als ich mein Tempo beschleunigte.

Gott, sie war heiß und oh wie nass sie war!

Mein Schwanz schimmerte von seiner reichlich vorhandenen Milch.

Es dauerte nicht lange, bis mir klar wurde, dass ich in ihr platzen würde und ich war noch nicht bereit.

Also zog ich mich zurück und fing wieder an, sie zu ärgern.

Sie stöhnte bestürzt und versuchte sich zurückzuziehen und sich auf meinen Schwanz aufzuspießen.

KAPITEL 8

"Hmm, das war gut", sagte ich ihm. „Aber du merkst, dass du, indem du deine Muschi sozusagen auf die Leine legst, einfach alles reinlegst..."Ich schob meinen Schwanz in die Mitte ihrer engen Muschi, blieb stehen und zog sie dann komplett heraus." Und ich meine es ernst. "Ich bewegte meinen Schwanz etwa einen halben Zoll nach oben und drückte mich gegen den engen, verzogenen Anus an ihrem Arsch." Wie wäre es, wenn wir mit dem südlichen Teil spielen? Verstehst du was ich sage? Ich möchte jetzt schon eine Weile deinen Arsch schmecken... Mal sehen, welches Loch mir am besten gefällt. "

Gloria zog sich nicht zurück.

Stattdessen drückte sie sich gegen mich.

"Ähm, nur ähm, oh Gott, bitte tu mir nicht weh", stöhnte sie.

"Es sollte nicht zu weh tun, wie geschmiert du bist", beruhigte ich sie. "Versuch einfach dich zu entspannen." Und dann stieß ich in ihren engen Anus.

"Oh Gott. Oh Gott", keuchte sie und versuchte sich zurückzuziehen, aber mein Schreibtisch hielt sie zurück.

"Halt ihn unten", zischte ich.

Scheiße, was wollte er tun, um uns zu kriegen?

Ich für meinen Teil wurde langsamer und blieb stehen, als er mit meinem Schwanz halb in seinem Arsch steckte.

Ich muss Ihnen sagen, dass es pure Freude war.

Fest?

Enge, es beginnt nicht einmal zu beschreiben, was ich fühlte, als es auf ihrem Hintern war.

Es war, als hätte ich meinen Schwanz mit einem hungrigen Samthandschuh gemolken.

Ich habe es ein paar Mal sehr langsam genommen.

Langsam ein und aus.

Einfach jedes Mal halbieren.

Ich wünschte, ich hätte mehr getan, aber Gloria machte zu viel Lärm, selbst mit drei Fingern im Mund.

Sei einfach geduldig, sagte ich mir.

"Du hast einen heißen kleinen Arsch, Gloria", sagte ich und zog seinen Schwanz heraus. "Ich werde das noch einmal machen müssen. Ja, offensichtlich."

Ihr Hintern war so süß und ihr Anus war aufgebläht und rot.

Ich berührte es mit meinem Finger und ließ sie nur zum Spaß nach Luft schnappen.

Dann ging ich um den Schreibtisch herum und nahm seine Finger aus seinem Mund.

Sie wusste, was sie wollte, drehte aber den Kopf zur Seite und versuchte, es zu vermeiden.

"Komm schon Gloria", sagte ich. "Bei all den Löchern, Baby. Woher soll ich sonst wissen, welches Loch mir am besten gefällt? Außerdem muss ich hierher kommen, bevor ich wieder dahin komme, wo ich es hinstellen soll. Weißt du was ich meine, richtig?"

Sie untersuchte meinen Schwanz mit einem angewiderten Blick, aber am Ende wollte sie ihn mehr in ihrer Muschi als sie ihn nicht lutschen wollte.

Widerwillig öffnete er den Mund und nahm ihn.

Ich hielt ihren Mund ein paar Minuten lang, zog mich dann zurück und ging zurück auf die andere Seite des Tisches und drehte sie um.

Ihre Muschi hatte die perfekte Größe.

Ich ließ die Spiele aus und schob meinen Schwanz grob gegen sie.

Ich schlug ihre Muschi rechtzeitig zur Musik.

Sie wollte, dass sie wussten, dass sie gefickt worden war.

Gloria zuckte zusammen und stöhnte bei jedem Stoß.

"Spiel mit deiner Muschi und lutsch deine Finger, Baby", sagte ich zu ihr. "Ich mache mich bereit zum Abspritzen und ich möchte eine Augenweide."

Und ich war dem Cumming sehr nahe und kein phantasievolles Spiel oder Nachdenken über den Bericht, den ich in einer Stunde liefern musste, würde ihn weiter verzögern.

"Nimmst du die Pille, Gloria?" Fragte ich und zwang mich etwas langsamer zu werden.

Sie schüttelte den Kopf.

"Nein", murmelte sie.

"Aber du willst, dass ich in dich komme, oder?" Ich habe gefragt.

Sie schüttelte den Kopf, aber das sagte sie nicht.

"Ja", zischte sie.

Es kam nur als Flüstern heraus.

"Also sag es mir", drängte ich. "Sag mir, wo du es willst. Sag mir, was du willst, du dreckiger Dieb."

"Ich will es in meiner Muschi ... ich will, dass du in mich kommst."

Seine Hände packten meinen Hintern und drückten mich fest in sie hinein.

"Habe ich dir gesagt, du sollst aufhören mit dieser Muschi zu spielen?" Ich habe gefragt.

Sie schüttelte den Kopf, senkte die Hände wieder in den Schritt und nahm den alten Kreis um ihren Kitzler wieder auf.

"Schneller", forderte ich und mit einem Keuchen gehorchte sie gehorsam.

Mein Tempo nahm zu.

Verdammt, ich kam näher und sie war so verdammt schön.

Und die Kontrolle, die er über sie hatte, machte die Situation noch heißer als sie.

Sie war meine Sekretärin, meine letzte Sekretärin.

Strümpfe, Fußkettchen, Zehenring, Bauchnabelring, lange Nägel und dunkles Platinhaar waren alles für mich.

Es hätte für jeden Mann reichen sollen, und doch wollte er mehr.

"Ich möchte, dass du danach in die Klinik gehst und ein Rezept für die Pille bekommst, okay?" Ich packte sie an den Brustwarzen und zog.

"Ja", keuchte er.

"Wenn das?" Ich habe gefragt.

"Ja, mmm. Mr. Anderson."

"Dafür brauchen sie eine Prüfung, oder, Gloria?" Sagte.

Oh ja, das Sperma nahm jetzt zu.

Es würde bald sein.

"Ja, Mr. Anderson."

"Ich möchte, dass du dorthin gehst, wenn ich fertig bin, dich zu ficken, verstehst du?"

"Ähm, ja, Sir, Mr. Anderson."

Ihre langen Beine schlangen sich um meine Taille und zogen mich bei jedem Stoß zu sich.

Ihre Muschi drückte mich fest.

"Was werden sie davon halten, dass du mit viel Sperma auftauchst, huh Gloria? Und du solltest besser nicht im Weg sitzen, es sei denn, du willst den Ort wirklich nass verlassen", sagte ich ihr.

Ich konnte fühlen, wie meine Eier krampften.

Ich konnte mich nicht mehr zurückhalten, es war sie oder sie.

"Ugh. Ich werde ... wo willst du es? Wo willst du es?"

Seine Augen waren geschlossen und sein Gesicht vor Leidenschaft verzerrt.

"Auf mich! Auf mich! Oh Gott! Oh Gott! Komm auf meine Muschi! Beeil dich ... fick, fick ich gehe auch!" sie stöhnte.

Jesus, sie war laut.

Ich bedeckte ihren Mund mit meiner Hand, als ich sie weiter fickte und Spritzer nach Spritzer Sperma in ihre enge Muschi pumpte.

Ich fickte sie so hart ich konnte und warf Papiere vom Schreibtisch auf den Boden.

Gloria zuckte wie ein Bronco unter mir und hob ihren Hintern vom Schreibtisch, während sie meinen starken Griff zwischen ihren starken Schenkeln hielt.

Ich fühlte mich schwach, als ich fertig war, aber es gab noch viel zu tun.

Als ich aus ihr herauskam, legte ich ihre Hand auf ihre Muschi.

"Ertrage alles", befahl ich.

Dann half ich ihr, ihr Höschen anzuziehen.

Als er seine Hand bewegte, tropfte mein Sperma und befleckte seinen Schritt.

"Du wirst mich nicht ernsthaft dazu zwingen, oder?" Sie fragte.

"Oh ja", sagte ich. "Das wirst du. Und dann wirst du mir heute Abend alles darüber erzählen."

"Heute Abend?"

"Ja", sagte ich und küsste sie. "Heute Nacht, wenn ich dich wieder ficke."

"Bitte", bettelte er. "Lass mich das nicht tun ... sie werden es herausfinden ... und sie werden es verbreiten. Oh Gott, sie werden alles sehen. Was werden sie denken?" Er sah auf den Boden und weigerte sich, mich anzusehen.

"Sie werden denken, du hattest gerade den Teufel deines Lebens."

"B-aber was soll ich sagen?"

Ich hob ihr Kinn und zwang sie, mir in die Augen zu schauen.

"Sie werden sagen: Ja, Sir, Mr. Anderson."

Er biss sich auf eine zitternde Lippe.

Seine großen grünen Augen waren groß wie Untertassen.

"Ja, Sir, Mr. Anderson."

"Ich bin mir auch sicher, dass Ihnen etwas einfällt, das Sie dem Arzt oder der Krankenschwester sagen können. Sagen Sie ihnen, dass Sie auf dem Weg zum Mittagessen auf den Schwanz Ihres Chefs gefallen und dort gelandet sind", sagte ich und tätschelte ihm beim Gehen den Hintern. sanftmütig aus der Tür.

Oh ja, ein Chef zu sein hat seine Privilegien.

ENDE

43

UNERWARTETE SITUATION
ERIKA SANDERS

45

Kapitel I

"Ich werde im Raum auf dich warten und etwas Aufschlussreiches anziehen", hatte John gesagt.

Sie behandelten ihn wie Essen zum Mitnehmen, dachte Gina, als der Anruf endete.

Und so fühlte sie sich jetzt, als sie Make-up in den Schminktischspiegel auftrug: schattierte Augen, rote herzförmige Lippen und gerade genug Make-up auf ihrem Gesicht, um sie nicht wie eine Wachsfigurenfigur aussehen zu lassen.

Möchtest du noch etwas in deiner Bestellung, Schatz?

Zufrieden mit ihrer Arbeit ging sie barfuß über den Schlafzimmerteppich, trug nur BH und Höschen und öffnete den Schrank.

Aus einem Regal über ihrer Kleidung holte sie eine kleine Schachtel Geld heraus und trug sie ins Bett.

Als sie es öffnete, fielen viele zehn und zwanzig auf die Seidenblätter.

Gina zählte vier von zwanzig und legte den Rest in die Schachtel.

Sie stellte die Schachtel wieder in den Schrank, steckte das Geld in ihre Handtasche und begann sich anzuziehen.

John lebte auf der anderen Seite der Stadt in einem luxuriösen Einfamilienhaus mit fünf Schlafzimmern in der Nähe des Kanals.

Je nach Nachmittagsverkehr würde er zehn Minuten brauchen, um dorthin zu fahren.

Er war ein relativ neuer Kunde von ihr, der bisher sechs Mal gedient hatte.

Sie hasste es.

Er war arrogant, unhöflich und völlig pervers.

Er war italienischer Abstammung: olivfarbene Hautfarbe, eine große Nase und dichtes schwarzes Haar.

John aß gern und Gina dachte, er sah aus wie eine Kreuzung zwischen einem Gangster aus den 1940er Jahren und einem Schwein mit dickem Bauch.

Er hatte damit geprahlt, dass er Verbindungen zur kriminellen Unterwelt hatte, aber Gina war sich nicht sicher, wie viel von dem, was er sagte, wahr war.

Sie dachte, er wollte sie nur beeindrucken.

Sie konnte nicht verstehen, warum Männer dies für Mädchen attraktiv fanden.

Gina hasste Gewalt und schaltete einen Film beim ersten Anzeichen von Blut oder Gewalt aus.

Aber John war definitiv in einer Art unzuverlässigem Geschäft.

Sie hatte Waffen in ihrem Haus gesehen.

Er hatte während ihrer sexuellen Beziehung hitzige Telefonanrufe mitbekommen, die John nicht ignorieren wollte.

Apropos Geld und Drogen.

Sie fand Männer wie John abscheulich: gierig, egoistisch, unehrlich und korrupt.

Sie brauchte das Geld jedoch zu sehr.

Ginas Leben war voller Schulden.

Ein geisteswissenschaftlicher College-Kurs, der Mini-Fiat, der jeden Tag zu ihrer Sekretärin führte und Kleidung, Urlaub auf Ibiza und einen Kredit kaufte, den sie aufgenommen hatte, um ihre Wohnung einzurichten.

Sie schwamm in Schulden, aber die Darlehensfirmen hatten ihr nie etwas verweigert.

Und deshalb hatte er das letzte Jahr als private Eskorte gearbeitet.

Privat war das Schlüsselwort.

Sie hatte keine Online-Werbung, zu ängstlich, dass ihre Familie oder Freunde ihr schmutziges Geheimnis herausfinden würden.

Sie verließ sich vielmehr auf Mundpropaganda und ihre Stammgäste, Leute wie John.

Der erste Mann, der sie dafür bezahlte, Sex mit ihr zu haben, hieß Peter.

Sie traf ihn nach ihrer Trennung von Adams auf einer Dating-Site, wusste aber sofort, dass es nichts für sie war.

Es war nicht die Tatsache, dass er in den Vierzigern und fünfzehn Jahren älter war als sie.

Aus diesem Grund hatte sie ihn überhaupt kennengelernt und gedacht, ein älterer Mann könne ihm geben, was Adams, ein vierundzwanzigjähriger Junge, nicht konnte.

Engagement, Sicherheit, vielleicht neue sexuelle Erfahrungen.

Sie fühlte sich einfach nicht mit Peter verbunden und fand eine Stunde nach ihrem ersten Date heraus, dass sie zu zweit in einem indischen Restaurant im schönsten Teil der Stadt zu Abend essen konnten.

Sie verabschiedete sich und dankte ihm für ein köstliches Essen. Sie dachte, es wäre das letzte Mal, dass sie ihn sehen würde.

Aber Peter interessierte sich mehr für sie als er ursprünglich gedacht hatte.

Er kontaktierte sie zwei Tage später mit einem Angebot, sie für Sex zu bezahlen.

Gina war zuerst überrascht, sogar beleidigt.

Mit ihrer tiefen Bräune, den gefärbten blonden Haaren und der Vorliebe, Kleidung zu enthüllen, wusste sie, dass sie einen gewissen attraktiven Eindruck machte.

Aber das würde sie nicht zu einer Hure machen oder zu jemandem, der beim ersten Anzeichen finanzieller Schwierigkeiten ihre Beine spreizen würde.

Sie hatte sicherlich Mädchen getroffen, die es tun würden.

Aber Peter schien so ein netter Kerl zu sein, und je mehr Gina über ihre Schulden nachdachte, desto mehr fragte sie sich, welchen Schaden es anrichtete, das Angebot anzunehmen. Es würde einen gegenseitigen Nutzen geben.

Peter würde sie besitzen und sie würde das Geld bekommen, das sie dringend brauchte.

Wenn niemand wirklich verletzt wird, was war das Problem?

Gina war jedoch naiv.

Sie hätte nie gedacht, wie süchtig bezahlter Sex sein könnte oder wie billig und elend sie sich fühlen würde.

Um die Sache noch schlimmer zu machen, war Peter nicht der Gentleman, für den sie ihn zuerst gehalten hatte.

Bald wurde bekannt, dass sie gut in ihren Diensten war, und das konnte nur sein, weil er es direkt verbreitete.

Angebote aller Art füllten über die Dating-Site, auf der er Peter getroffen hatte, seinen Briefkasten.

Er konnte nicht glauben, wie viele ältere Männer dort nach jüngeren Frauen für Sex suchten und wie viele bereit waren, dafür zu bezahlen.

Es war sehr lukrativ für sie gewesen und sie lernte bald, dass sie mehr Geld verdienen könnte, wenn sie bereit wäre, ihre Grenzen ein wenig mehr zu verschieben.

Männer zahlten mehr für Dinge wie Anal, Dominanz, goldene Dusche und verschiedene Arten von Rollenspielen.

Gina hatte in Schulmädchenuniformen, sexy Dessous und Peitschen investiert. Sie hatte gegessen, was ihr vorgeschlagen wurde, und alle möglichen Gegenstände in sich gestopft und sogar so getan, als würde sie einen fünfzigjährigen Mann in einer Windel stillen.

Natürlich hatte John mit seinem Geld alle verfügbaren Dienste genossen.

Von hochklassigen Prostituierten über Pornostars bis hin zu dreiseitigen Models.

Es war eine Besessenheit, die an Sucht grenzte.

Es schien, dass alle jungen und schönen Mädchen bereit waren, ihre Attribute zu verkaufen, während sie sie immer noch begehrenswert hatten.

Es war tragisch.

Es war also keine Überraschung, dass John, nachdem er von einem Freund gelernt hatte, Gina kontaktierte.

Und heute Abend würden sie zum fünften Mal zusammen sein.

Gina sah auf ihre Uhr und befestigte ihre Kleidung im Flurspiegel. In einem Jahr wird alles vorbei sein, Mädchen, erinnerte sie sich.

'Du kannst es schaffen.'

Dann schnappte er sich seine Schlüssel und ging zur Tür hinaus.

Kapitel II

Zehn Minuten später hielt er an der Midesting Road an.

Es war kurz nach halb elf, und eine Poolparty in einem der anderen Häuser war in vollem Gange.

Er fuhr durch die schmiedeeisernen Tore von Johns Haus und parkte den Fiat auf der Straße.

Der Mond schien auf das Dach von Johns silbernem Mercedes, als er das Geräusch seiner Absätze auf dem Kies knirschen hörte und zur Seite des Hauses ging.

John hatte ihm gesagt, er solle durch den Hintereingang hereinkommen.

Heute Abend werden sie ein Rollenspiel spielen.

Er wird auf dem Bett liegen und sie wird wie ein Dieb hereinkommen und ihn überraschen.

John liebte es, Dinge durcheinander zu bringen.

Sie hatte noch nie einen so sexuell einfallsreichen Mann getroffen.

Er blieb auf halber Höhe des Hauses stehen und sah die Gasse auf und ab.

Sie war sich sicher, dass niemand sie dort sehen würde, aber sie wollte es für alle Fälle sicherstellen.

Sie senkte ihr Höschen, zog es sich über die Fersen und richtete dann ihren Rock auf.

Sie stopfte ihr Höschen in ihre Tasche.

Rote Spitze, Johns Favorit.

Dann stolperte sie auf den Fersen den Weg hinunter und öffnete die Tür zum Garten hinter dem Haus.

Ein Metallmülleimer klirrte, als er ihn versehentlich mit der Spitze seiner scharfen Ferse trat.

'Blöd!' Sie ermahnte sich.

Das Küchenlicht war an und die Terrassentür, die zu ihr führte, war angelehnt.

John muss es für sie offen gelassen haben.

Gina warf ihre Haare zurück, setzte ihren sinnlichen Spaziergang fort und betrat das Haus.

Er roch brennend, als er die Küche betrat und die Tür schloss.

Es war wahrscheinlich eine der Zigarren, die John gern rauchte.

Er war so ein rauchender Gangster.

Das Haus war still.

John muss im Bett auf sie warten, wie sie es ihm gesagt hatte.

Gina ging durch das sorgfältig eingerichtete Esszimmer, alle modernen Möbel und Holz in einem tiefroten Farbton, und hinaus in den Flur.

Sie sah die Wendeltreppe hinauf.

"John", sagte er spöttisch. "Bist du bereit oder nicht?"

Ihre Absätze klickten von den polierten Stufen, als sie die Treppe hinaufstieg.

Als sie in den Flur einbog, sah sie Johns Schlafzimmertür offen stehen.

Das Licht war an, machte aber immer noch keine Geräusche.

Dann hörte er ein Knarren.

'John?'

Der dicke Bastard saß wahrscheinlich auf seinem Thron im Bad.

Gina strich sich die Haare glatt, senkte den Ausschnitt und betrat den Raum.

In diesem Moment schien alles anzuhalten.

Ginas ganzer Körper erstarrte.

John lag nackt auf dem Bett und starrte an die Decke. Eine Blutlache tränkte die Laken um ihn herum und sein Hals war durchgeschnitten.

Schrie Gina.

Eine dunkle Gestalt kam hinter der Tür hervor und packte sie, legte einen Arm um ihren Hals und legte seine Hand über ihren Mund.

»Mach keinen Lärm, sonst schneide ich auch deinen«, sagte er.

Gina spürte die kalte, scharfe Spitze eines Messers an ihrem Hals.

'Wer du bist?' sie stöhnte.

"Jemand, den du nicht ficken willst"

Der Mann drückte ihren Nacken mit seinem muskulösen Unterarm fester.

'Was machst du hier?'

"Ich bin gekommen, um John zu sehen."

'Wofür?'

'Er hat mich gebeten, es zu tun.

'Warum?' forderte der Mann.

"Nur um es zu sehen."

Er zerdrückte Ginas Luftröhre mit seinem Arm und ließ sie ersticken.

'Warum?' Schrei.

"Um Sex zu haben", schaffte es Gina zu stammeln.

Sie fing an zu husten, als der Mann den Druck um ihren Hals lockerte.

'Bist du eine Prostituierte?' er sagte.

'Nicht!'

'Na und?'

'Ein Begleiter'.

"Es ist das gleiche", sagte der Mann.

Gina sagte nichts, zu ängstlich, dass der Mann ihr den Hals brechen oder sie erstechen könnte, wenn sie ihm widersprach.

"Es scheint, wir haben ein Problem", sagte er.

Er drehte sich zu Johns leblosem Körper um und hielt Gina fest zwischen seinem Arm und seiner Brust.

Gina hatte das Gefühl, dass sie krank werden würde, wenn sie so viel Blut sah.

"Jetzt bist du Zeuge eines Mordes."

"Bitte", bettelte Gina.

'Ich werde es niemandem erzählen. Lassen Sie mich einfach gehen. '

Kapitel III

Ein unheimliches Lachen kam von dem Mann.

"Sie verstehen sicher, dass es nicht so einfach sein wird."

Angst schoss durch Ginas Körper.

Er spürte, wie warmer Urin über die Innenseite seiner Beine tropfte.

Sie wollte heute Nacht nicht sterben.

Der Mann packte sie mit seiner Hand mit Lederhandschuhen am Arm und führte sie ins Badezimmer.

Er schloss die Tür hinter sich und drehte sich zu ihr um.

Gina trat in eine Ecke zurück, als sie sein Gesicht sah.

Sie hatte nicht erwartet, dass es eines der schönsten Gesichter sein würde, die sie jemals gesehen hatte, aber es war die tiefe Narbe, die über seine Wange lief, die sie am meisten überraschte.

Und sein Körper schien zum Töten gemacht zu sein, mit den Schultern eines Boxchampions und er konnte sich einen Hals in zwei Hälften brechen.

Er war ein Monster.

Er sah sie mit harten blauen Augen von oben bis unten an.

"Wer weiß, dass Sie hier sind?"

'Niemand! Bitte kannst du mich gehen lassen und fliehen. Ich versichere Ihnen, ich werde es der Polizei nicht sagen. '

Er näherte sich ihr in einem langsamen, räuberischen Schritt.

'Dafür ist es zu spät. Du hast mein Gesicht schon gesehen. '

„Ich verspreche, ich werde es nicht sagen. Bitte, ich oder John interessieren mich nicht, ich möchte nur nach Hause gehen. Ich will nicht sterben. "Gina brach in Tränen aus.

Der Mann legte eine behandschuhte Hand auf ihre nackte Schulter und näherte sich drohend ihrem Gesicht.

Gina spürte, wie die warme Luft aus ihrer Nase ihre Wangen berührte.

"Jetzt, jetzt, jetzt", schnurrte er. "Warum dieses hübsche Gesicht ruinieren?"

Er fuhr mit einem langen Finger über Ginas tränenüberströmte Wange.

Ginas ganzer Körper verwandelte sich in Eis, als sie seine Berührung spürte.

Die Anziehungskraft, die sie auf den Körper dieses Mannes empfand, und die Angst, von jemandem, von dem sie wusste, dass er sie leicht töten könnte, an die Wand gedrückt zu werden, waren äußerst widersprüchlich.

Er beugte sich näher und fuhr mit seiner rauen Zunge über ihr Gesicht, wodurch sie spürte, wie ein Schauer durch ihre Haut lief.

Sie hatte nicht erwartet, was als nächstes kommen würde.

Die behandschuhte Hand des Mannes glitt unter ihren Rock, seine langen Finger tasteten nach ihren freiliegenden Lippen.

»Freches Mädchen«, sagte er bei ihrer unerwarteten Entdeckung.

"Bitte ... oh"

Der Mann hatte seinen Handschuh ausgezogen und ein langer, fleischiger Finger war jetzt in ihr.

Er fand Ginas Kitzler glatt und massierte ihn, wodurch eine Hitze entstand, die sich in ihr ausbreitete.

Gleichzeitig fuhr er mit der Zunge über die festen Konturen von Ginas Nacken.

Gina drehte sich um und sah ihr Spiegelbild im Spiegel über dem Waschbecken.

Und er sah auch dieses große seltsame Tier wie einen Vampir in seinem Nacken versinken, wobei die Klinge des Messers in seiner freien Hand als Warnung im Halogenlicht blitzte.

Sie wagte es nicht, sich zu bewegen, aus Angst, dass er seine scharfe Spitze gegen sie einsetzen würde.

Der Mann zog sich zurück und sah über ihren Körper.

Es war eine tiefe Erregung in ihnen, als könnte er ihren nackten Körper durch die Kleidung sehen.

Er schob ihre Tasche von ihrer Schulter und ließ sie auf den Boden fallen, als eine Tube Lippenstift und rotes Höschen auf die Fliesen fiel.

Er packte eine ihrer Brüste durch ihre hautenge Weste und drückte sie sanft, dann fuhr er mit seinem Finger über ihre Brustwarze, als sie fest stand.

Sie war Kitt in ihren Händen.

"Was machst du mit mir?" Sie fragte.

"Da wir alleine sind und den Platz nur für uns bereit haben, werde ich dir geben, was der Typ da drüben dir niemals gegeben hat."

Oh Gott, dachte Gina. Nicht das.

Der Mann spürte ihre Angst und lächelte.

'Keine Sorge. Sobald du mich in deiner Muschi erlebst, wirst du froh sein, dass der andere tot ist.

Der Mann hatte Recht, dass sie allein waren.

Ohne Nachbarn in der Nähe würde jeder Hilferuf zu erfolglosen Ergebnissen führen.

Wenn ... wenn sie zustimmte, tat, was der Mann sagte, konnte sie das Haus lebend verlassen.

Welche andere Möglichkeit hatte sie, mit all den anderen Chancen gegen sie das beste Rollenspiel ihres Lebens zu spielen?

Also traf er eine Entscheidung.

Sie würde die beste Leistung ihres Lebens erbringen.

Und wenn es fehlschlug, hatte sie einen Backup-Plan.

"Zieh das aus", knurrte der Mann und nickte zu seiner Weste.

Gina tat was er sagte.

Als die Weste über ihren Kopf glitt, schüttelte sie ihre Haare und richtete ihre Augen auf seinen Körper.

"Ich möchte, dass du dich auch ausziehst", sagte er.

Der Mann stieß ein spöttisches Lachen aus.

»Du wirst mir nicht sagen, was ich tun soll. Und ich bin nicht so dumm, wie du denkst. Wirf es runter. ' Er nickte Ginas Rock zu.

Sie knöpfte ihren Rock auf, ließ ihn über ihre Beine fallen und trat ihn dann mit ihrer Ferse gegen ihn.

Sie war in Absätzen und einem BH vor ihm und hatte rasierte Lippen, die der kühlen Luft des Badezimmers ausgesetzt waren.

Sie hob ihre blauen Augen mit Wimperntusche zum durchdringenden Blick ihres Entführers.

"Wie süß und schön", sagte er und saugte Luft durch seine Nasenlöcher. 'Dreh dich um.'

Gina drehte sich um und sah auf die Fliesenwand.

Durch das Spiegelbild sah sie zu, wie sich der Mann vorbeugte und ihren Schritt streichelte, während er ihren Hintern studierte.

Die große Ausbuchtung, die er aus seiner Hose ragen sah, ließ sie wissen, dass er gut ausgestattet war.

Er ließ sie sich vorbeugen, packte sie an den Hüften und brachte seinen Schritt zu ihr.

Der harte, fette Klumpen wurde jetzt gegen die Spalte ihres Gesäßes gedrückt.

Seine bloße Hand berührte ihren Arsch und er schob sie nach vorne, das Messer immer noch fest in der anderen.

Gina beobachtete ihn, als er es auf die Theke neben dem Waschbecken stellte und begann, seine Hose aufzuknöpfen.

Sie starrte auf das Messer und kämpfte gegen den Drang an, es zu ergreifen.

Aber sie wusste, dass sie nicht so dumm sein konnte; Mit ihrer Größe würde der Mann in Sekundenschnelle ihren kleinen fünf Fuß großen Körper dominieren. Trotzdem war es verlockend ... sehr verlockend.

Seine schwarze Hose fiel zu Boden und enthüllte ein Paar ebenfalls schwarzer Boxer auf riesigen, muskulösen Oberschenkeln.

Seine Erektion stieg bis zum Saum an, geschwollen und riesig.

Gina schluckte das Keuchen, das fast aus ihrem Mund kam.

Wie sollte er in all das hineinkommen?

Der große Schwanz war gespannt gegen den engen Stoff seiner Boxershorts und wollte unbedingt raus.

Als der Mann sie senkte, fiel der große lila Kopf auf Ginas Wangen.

Das dicke und stark geäderte Glied war mindestens zehn Zoll lang.

Der Mörder war ein sexueller Adonis.

Er packte ihre Hüfte mit seiner immer noch behandschuhten Hand und nahm seinen Schwanz mit der anderen und führte ihn zu Ginas Schamlippen.

Als sie den warmen, weichen Schwanz zwischen ihren Lippen spürte, schnappte Gina nach Luft.

Und als er sie hineinschob, gaben ihre Knie fast nach.

Der Penis war kühn tief gestoßen und pochte vor Aufregung in ihrer heißen, feuchten Vagina.

Er traf einen Bereich in Gina, der noch nie zuvor durchdrungen worden war, und ihr tückischer Kitzler begann vor Aufregung zu pumpen, Feuchtigkeit sammelte sich auf ihren Lippen und Wänden, um diesem aufregenden Neuankömmling gerecht zu werden.

Der Mann begann zu stoßen, seine starken Hüften konnten die Härte von Ginas Innenwänden mit außerordentlicher Geschwindigkeit erzwingen.

Es fühlte sich unglaublich an.

Sie packte den Rand der Waschtischplatte, als er weiter in ihre feuchten Schamlippen eindrang und seine Eier gegen sie klatschten.

Er zog den anderen Handschuh aus und seine großen, überraschend weichen Hände liefen über ihren Rücken und öffneten ihren BH.

Es fiel auf den Fliesenboden und ließ ihre Brüste los.

Jetzt trug sie nur noch ihre Absätze, als das riesige Tier sie von hinten schlug.

Gina spürte, wie er sich zurückzog und ihre Muschi einen Moment der Erleichterung bekam.

Aber es dauerte nicht lange, bis sein Schwanz wieder in ihr war, aber diesmal in Richtung ihres Arsches.

Der massive Schwanz des Mörders drang in die engen Falten von Ginas Anus ein und sandte einen scharfen Schmerz durch sie.

Für einen Moment dachte er, dass er den Schmerz nicht ertragen könnte, seine Muskeln spannten sich, um diesen Fremdkörper auszutreiben, aber dann entspannten sie sich, als der Schmerz sich in Vergnügen verwandelte.

Gina hatte zuvor Analsex erhalten, aber nicht von einem so großen Phallus wie diesem.

Das Vergnügen, das sie jetzt überflutete, war anders als alles, was sie jemals zuvor gefühlt hatte.

Sie musste sich daran erinnern, wo sie war.

In Johns Haus wird er von einem Mann gefickt, der ihn gerade getötet hat.

Johns tote und bereits etwas kalte Leiche lag ein paar Meter entfernt im anderen Raum wie ein schreckliches Bildnis seines früheren Ichs.

Gina wusste, dass sie dieses Bild niemals aus ihrem Gedächtnis löschen würde, egal wie sehr sie es verachtete.

Und es würde den Hass auslöschen, den sie ihm gegenüber empfand, wenn er damit lebend zurückkommen und ihr jetzt helfen könnte.

Aber es ist etwas Seltsames an dem, was passiert, wenn Sie mit einer Morddrohung konfrontiert werden und Gina es zum ersten Mal in diesem Badezimmer erlebte, in dem sie jetzt gefangen gehalten wurde.

Ein Instinkt übernimmt, so ursprünglich, dass man ihn nicht mehr als tierischen Instinkt empfindet.

Und Sie wissen, dass Sie alles tun werden, um zu überleben.

Kapitel IV

Der Mann schlug sich mit wütenden Stößen auf den Arsch, Speichel lief aus seinem Mund, sein hübsches Gesicht war gerötet und erregt.

Die leisen, kehligen Geräusche, die er machte, sagten Gina, dass er gleich kommen würde.

Sie packte die Kante der Theke fest.

Die Fingerspitzen wurden weiß, als er sich festhielt.

"Scheiße", stöhnte der Mann.

'Ich werde rennen'.

Und er tat es und ein schwerer Seufzer kam aus seinem Mund, er schloss die Augen und bog den Kopf zurück ...

Und Gina nutzte ihre Chance.

Er ließ die Theke fallen und griff nach dem Messer.

Mit einer blinden und kraftvollen Bewegung seines Armes stieß er ihn in den Hals seines Täters.

Sie sprang auf und drückte ihren Rücken gegen die Wand, die kalten Fliesen gegen ihren schweißnassen Rücken.

Mit großen Augen vor Angst und Sorge sah Gina, dass der Mann in einer statischen Haltung stand und würgte, als seine großen Augen sie anstarrten.

Das Messer ragte aus seinem dicken, glänzenden Hals und dunkelrotes Blut sickerte über den Kragen seines schwarzen Mantels.

Sein Schwanz war immer noch aufrecht, eine glänzende Spur von Sperma baumelte von der Spitze.

Seine benommenen Augen blieben auf Ginas gerichtet, als ihr Mund auffiel und Blut auf ihre Unterlippe floss.

Es gelang ihm, das Wort 'Bitch' zu gurgeln, bevor er zurückbrach und gegen die Tür krachte.

Gina starrte ihn einen Moment an, ihre Brust hob und senkte sich, bevor sie ein verrücktes Lachen ausstieß. Sein Plan hatte funktioniert.

Erstes Mal. Sie hatte gesehen, wie er seine Augen im Spiegel schloss, als er ejakulierte, und sie schwelgte in der Tatsache, dass er den Angriff so viel einfacher gemacht hatte.

Sie schnappte sich ihre Kleidung und zog sich schnell an, diesmal zog sie ihr Höschen wieder an.

Sie griff nach ihrer Tasche und trat ihren Angreifer mit der scharfen Spitze ihrer Ferse. Dann spuckte sie ihm ins Gesicht.

"Das ist, weil du mich eine Hure nennst, du Hurensohn!"

Er schob seinen Körper zurück, damit er die Tür öffnen konnte.

Die Rückseite seines Schädels schlug mit einem dumpfen Schlag auf den Teppich, als er die Tür öffnete.

Sie ging auf Zehenspitzen über den blutgetränkten Körper und betrat das Schlafzimmer.

Sie sah Johns Körper auf dem Bett an.

Blut auf dem Boden.

Blut auf dem Bett.

Tod, wohin er auch schaute.

Es war zu viel.

Gina rannte aus dem Raum und die Wendeltreppe hinunter, so schnell ihre Fersen sie tragen konnten. Purpurrote Dreiecke befleckten den Boden, als sie vorbeikam.

Am Fuß der Treppe blieb sie stehen, wischte sich die Tränen ab und kontrollierte ihre Gedanken.

Dieser Lebensstil hatte alles für sie ruiniert.

Er hatte sie elend und zynisch gegenüber Männern gemacht.

Er hatte seine Moral neu organisiert.

Und dieser fette tote Bastard war einer der schlimmsten mit seinen korrupten Wegen und schmutzigen Fantasien.

Er war ein Vorbild in der Gesellschaft, aber er verbreitete und infizierte alles, was er berührte, mit seinen korrupten Wegen.

Einschließlich sie.

Es hatte ihn zu etwas gemacht, was sie nicht war.

Und jetzt hatte er sie in einen Mörder verwandelt.

Sie hatte zur Selbstverteidigung getötet und die Scheiße, die in einer Blutlache lag, verdiente alles, was ihr passiert war.

Aber sie wusste, dass sie niemals vergessen würde.

Wie er sie misshandelt hatte, als wäre sie nichts weiter als eine schmutzige Hure, und wie sein Körper sie verraten hatte, indem er mit Vergnügen auf die Berührung seiner schmutzigen und mörderischen Hände reagierte.

Wie viele Leben anderer Mädchen müssen diese beiden ruiniert haben?

Und wie sehr haben diese Mädchen weiter gelitten?

Ich werde nicht mehr leiden, dachte Gina.

Er rannte die Treppe hinauf und ins Schlafzimmer.

Der Anblick der beiden toten Leichen ließ sie sich übergeben, aber sie schluckte ihre Übelkeit mit einem Ellbogen und ging zum Bett.

Johns Gesicht war eine Maske des Grauens, sein Mund schwarz und weit wie ein Fisch, seine Augen vor Schrecken gefroren.

Gina sah weg und suchte nach dem goldenen Armband um ihr dickes Handgelenk.

Es gab ein dünnes rechteckiges Medaillon, das die Kette befestigte.

Sie öffnete es und las die Nummer darin: 47689.

Sie wiederholte die Zahl in ihrem Kopf wie ein Mantra, schloss das Medaillon und griff in ihre Tasche.

Er holte ein Taschentuch heraus und wischte die Fingerabdrücke vom Medaillon.

Er warf John einen letzten abweisenden Blick zu, bevor er sich umdrehte und die Treppe hinunter rannte.

Er rannte den Flur entlang, bis er Johns Arbeitszimmer erreichte und die Tür öffnete.

Er überflog den Raum, bis sein Blick auf das fiel, wofür er gekommen war.

John ist in Sicherheit.

Er hatte bei einem von Ginas Besuchen mit dem Inhalt geprahlt und sie hatte verlangt zu wissen, was drin war.

"Edler Schmuck", hatte er mit einem arroganten Lächeln gesagt.

"Es ist mehr wert als dieses ganze Haus."

Dann klopfte er an die Kette an seinem Handgelenk und legte den Finger an die Lippen.

"Shh".

Gina ging zum Safe an der Wand und wählte die Kombination.

Der Safe klickte, um anzuzeigen, dass er geöffnet werden konnte.

Sie öffnete die Stahltür und sah hinein.

Auf einem Stapel brauner Umschläge lag eine samtig rote Schmuckschatulle.

Gina spürte einen Knoten in ihrem Bauch.

Sie öffnete es und fand die unglaublichste Diamantkette, die sie je gesehen hatte. Ihre wunderschön gefertigten Steine funkelten mit filmischem Effekt.

"Es ist mehr wert als dieses ganze Haus", flüsterte sie vor sich hin.

Genug, um alle Ihre Schulden und etwas anderes abzuzahlen.

Mit schlagendem Herzen in der Brust schloss sie den Deckel und steckte die Schmuckschatulle in ihre Tasche.

Dann schloss sie den Safe und rieb das Taschentuch an ihren möglichen Fingerabdrücken.

Sie eilte aus dem Arbeitszimmer und den Flur hinunter zur Haustür und überprüfte, ob ihre Absätze keine belastenden Abdrücke von ihr auf ihren glänzenden Brettern hinterlassen hatten.

Nicht deins.

Sie öffnete die Tür des Hauses.

Die kühle, weiche Luft traf ihre Wangen, als sie in die Nacht driftete und die Last der Anwesenheit im Haus sich sofort von ihren Schultern hob.

Endlich frei rannte sie die Schotterauffahrt hinunter, sprang in ihr Auto und warf ihre Tasche auf den Beifahrersitz.

Sie ließ ihren Kopf auf das Lenkrad fallen und stieß einen leisen, kehligen Schrei aus.

Erschöpft und erschöpft griff sie in ihre Tasche und holte ihr Handy heraus.

Sie wählte 911.

"Polizei bitte, ich habe gerade einen Mann getötet."

ENDE

73

* 9 7 9 8 2 2 4 6 1 2 4 6 8 *